Theodor Benfey

Einleitung in die Grammatik der vedischen Sprache

Antigonos

Theodor Benfey

Einleitung in die Grammatik der vedischen Sprache

Unveränderter Nachdruck der Originalausgabe von 1874.

1. Auflage 2024 | ISBN: 978-3-38646-941-8

Antigonos Verlag ist ein Imprint der Outlook Verlagsgesellschaft mbH.

Verlag: Outlook Verlag GmbH, Zeilweg 44, 60439 Frankfurt, Deutschland info@outlook-verlag.de
Vertretungsberechtigt: E. Roepke, Zeilweg 44, 60439 Frankfurt, Deutschland
Druck: Libri Plureos GmbH, Friedensallee 273, 22763 Hamburg, Deutschland

Einleitung

in

die Grammatik der vedischen Sprache.

Von

Theodor Benfey.

Erste Abhandlung: Der Samhitâ-Text.

Aus dem neunzehnten Bande der Abhandlungen der Königlichen Gesellschaft der Wissenschaften zu Göttingen.

Göttingen,

in der Dieterichschen Buchhandlung.

1874.

Der Verfasser der nachfolgenden Abhandlung beabsichtigt in kurzer
Zeit, wenn kein unvorhersehbares Hemmniss eintritt, eine Grammatik
der vedischen Sprache zu veröffentlichen, oder, bestimmter ausgedrückt,
derjenigen Sprache, in welcher die fünf vedischen Sammlungen abgefasst
sind, von denen zwei nur, die drei andern vorzugsweise aus dichterischen
Schöpfungen bestehen. Die beiden ersten sind unter den Namen Rigveda und Sâmaveda bekannt, die drei andern sind einerseits der Yajurveda
in zwei Formen, der Vâjasaneyi - Samhitâ und der Taittirîya - Samhitâ,
andrerseits der Atharvaveda.

Diese Grammatik wird aus praktischen Rücksichten, deren Anfor-
derungen sich der Verfasser nicht verschliessen durfte, in ihrem Umfang
beschränkt und schon darum nicht im Stande sein, alles zu enthalten,
was nothwendig oder dienlich sein würde, um eine, so viel als möglich,
vollständige Einsicht in den grammatischen Bau dieser Sprache zu verschaffen.

Allein diese zunächst zu veröffentlichende Grammatik beruht auf
einer so umfassenden Sammlung und Durchforschung des vedischen Sprach-
schatzes, dass dasjenige, was ihr als Unterlage dient, ohne die Beschei-
denheit zu verletzen, welche vor allem dem Bearbeiter einer so jungen
Disciplin geboten ist, als eine vollständige Grammatik der vedischen
Sprache bezeichnet werden dürfte. Die Masse der Einzelheiten und Untersuchungen, welche sie enthält, macht es jedoch, schon wegen des Um-
fangs und der Zeit, welche sie in Anspruch nehmen würde, unmöglich,
sie vollständig und bald zu veröffentlichen; auch möchte dieses kaum

1

nothwendig oder auch nur dienlich sein. Denn nicht wenige Theile der vedischen Grammatik sind so unbestreitbar sicher, dass es einer ausführlichen Darstellung derselben nicht bedarf; bei andern, sehr schwierigen, dagegen möchte es dienlich sein, mit einer umfassenden Behandlung bis zu der Zeit zu warten, wo die Hülfsmittel noch weiter vermehrt und von den Männern, welche sich mit ihnen beschäftigen, noch eindringender durchforscht sein werden.

Der Verfasser hat es unter diesen Umständen für angemessen gehalten, sich zunächst auf die Veröffentlichung einer Reihe von Abhandlungen zur Grammatik der vedischen Sprache zu beschränken, welche bestimmt sind zu erscheinen, sobald die zunächst beabsichtigte Grammatik druckfertig oder theilweis und endlich ganz gedruckt sein wird. Sie werden theils Einzelheiten, Verzeichnisse und ähnliches enthalten, welche ihres Umfanges wegen in die Grammatik nicht aufgenommen werden konnten, theils Untersuchungen, welche vorzugsweise dazu dienen sollen, die in der Grammatik hingestellten Resultate näher zu begründen.

Da nun aber Jeder, welcher ein Werk, insbesondere ein wissenschaftliches, in Angriff nimmt, als seine nächste Pflicht betrachten muss, sich nach den Hülfsmitteln umzusehn, welche ihm für die Ausführung desselben zu Gebote stehen, und in Rücksicht darauf, dass jede Beurtheilung desselben nicht am wenigsten von der Kenntniss dieser Hülfsmittnl bedingt ist, es für angemessen halten wird, eine Mittheilung über diese seiner Arbeit vorauszusenden, der begränzte Umfang der zunächst zu veröffentlichenden Grammatik jedoch nicht verstatten wird, ihr auch nur einen kleinen Theil von allen dem einzuverleiben, was in dieser Beziehung bei unserer Aufgabe in Betracht gezogen zu werden verdient, so hat es der Verfasser für zweckmässig erachtet, der Veröffentlichung der Grammatik eine Einleitung in die der vedischen Sprache vorauszusenden, welche die Reihe der versprochenen Abhandlungen beginnen und vorzugsweise der Besprechung der für die Bearbeitung derselben zu benutzenden Hülfsmittel gewidmet sein wird. Von diesen erlaubt er sich im Folgenden zunächst die erste Abtheilung vorzulegen.

§. 1.

Die Grundlage jeder Grammatik einer todten Sprache bieten bekanntlich vor allen die Werke, in denen diese Sprache uns erhalten ist.
In dieser Beziehung hat eine Grammatik der vedischen Sprache ganz
ausserordentliche, ja nicht hoch genug anzuschlagende Vortheile vor der
des gewöhnlichen Sanskrit voraus. Für jene sind uns aus hohem, theilweis höchstem, Alterthum Texte bewahrt, durch welche wir im Stande
sind das, was die indischen Grammatiker in Bezug auf deren Grammatik
geleistet haben, zu prüfen, sowie das, was sie übergangen haben, zu
ergänzen, während uns von den Werken oder Hülfsmitteln, auf welche
gestützt, sie die Grammatik des gewöhnlichen oder classischen Sanskrit
vollendet haben, auch nicht ein einziges aufbewahrt ist. Denn selbst
das älteste der im gewöhnlichen Sanskrit abgefassten Werke, welches
bis zu unserer Zeit herab gelangt ist, das Nirukta des Yâska, ist zwar
unzweifelhaft älter als Pânini, aber jünger als Çâkatâyana und dessen
Sanskrit-Grammatik, welche von Pânini nur eine — im Sinne der Inder —
praktischere Gestalt erhalten hat, bezeichnet im Wesentlichen schon den
Abschluss der grammatischen Thätigkeit der Inder auf dem Gebiete des
Sanskrit. Wenn wir schon jetzt hinzufügen, dass die Inder nie auch
nur den Versuch gemacht haben, eine besondere Grammatik der vedischen Sprache abzufassen, dass, abgesehen von den höchst achtungswerthen
phonetischen und metrischen Arbeiten in den Traktaten, deren Hauptaufgabe ist, den für richtig gehaltenen Vortrag der Veden für alle Zukunft
zu sichern, von einzelnen grammatischen Eigenthümlichkeiten der Veden-
sprache nur nebenher und sehr unvollständig und unvollkommen[1]) in der
Sanskrit-Grammatik die Rede ist, während diese letztere anerkannt das
Grossartigste darbietet, was der Menschengeist auf dem Gebiete der
Grammatik geschaffen hat — dann dürfen wir unbedenklich die, wenn
auch ziemlich grell klingende, Antithese aussprechen, dass uns von den
Indern, diesen grössten Grammatikern der Welt, auf der einen Seite
die wunderbarste Sprache ohne eine sich auf sie stützende Grammatik

---

1) Vgl. das Mahâbhâshya I. p. 271, a und Siddh. K. bei Böhtl. zu Pân. I. 4. 9
und die häufigen *bahulam chandasi* in Pânini.

hinterlassen ist, auf der andern dagegen die wunderbarste Grammatik ohne die Sprache, auf welche sie gestützt ist. Wir haben daher kein äusseres Hülfsmittel, wodurch wir die Richtigkeit dieser letzteren prüfen, ja auch nur zu controliren vermöchten. Denn aus den zum grössten Theile viele Jahrhunderte späteren Erzeugnissen der classischen Literatur des Sanskrit Belege für ihre Richtigkeit oder aus den vielfach von ihr abweichenden Erscheinungen der epischen Poësie und anderer Schriften Beweise für ihre Unrichtigkeit oder Ungenügendheit zu entnehmen, wäre fast ebenso widersinnig, als wollten wir für die alten lateinischen Grammatiker Belege der Richtigkeit aus den guten Latinisten vom Mittelalter an bis auf unsre Zeit entnehmen, Beweise ihrer Unrichtigkeit oder Ungenügendheit aber aus den schlechten Latinisten desselben Zeitraums. So sind wir genöthigt in Bezug auf die Sanskrit-Grammatik den indischen Grammatikern ein, so zu sagen, unbegränztes Vertrauen zu schenken, fast, nach der Weise der Inder, sie als infallible G u r u's (Lehrer) zu betrachten, während wir in Bezug auf die vedische Grammatik deren wesentlichste Grundlage besitzen und hoffen dürfen mit Hülfe der übrigen Hülfsmittel, welche uns zu Gebote stehen, auf ihr, wenn auch nicht sogleich, doch nach und nach ein festes Gebäude aufführen zu können.

§. 2.

Die Texte, welche unserer Veden-Grammatik als Grundlage dienen, sind die oben aufgeführten fünf Sammlungen, diese, neben der Bibel, wichtigste und historisch bedeutendste Ueberlieferung aus der Entwickelung der ältesten Cultur überhaupt speciell der indogermanischen und insbesondere der religiösen.

Leider wird sich die Zeit, in welcher sie in die Gestalt gebracht sind, in der sie über Jahrtausende hinüber bis auf uns herab gelangt sind, wohl niemals in Zahlen bestimmen lassen. Denn den alten Indern, diesem eben so sonderbaren als wunderbaren Volke, fehlte jeglicher Sinn für Geschichte; nur die Geschichte der Götter und göttlichen Dinge war es, die ihnen schwere Sorgen machte, die der Menschen und menschlichen Dinge hat sie zu allen Zeiten fast ganz kalt gelassen.

Auf jeden Fall aber reicht diese Gestalt — abgesehen vom Atharvaveda, dessen Alter zweifelhaft ist — eher mehr als weniger als ein Drittel-Jahrtausend über unsre Zeitrechnung hinaus. Von dieser Zeit an sind die vier ersten — und ebenso der Atharvaveda von der Zeit an wo er durch Diaskeuase festgestellt ward (mit Ausnahme seiner zwei letzten Bücher) — in ihrer Besonderheit ohne jede Variante bewahrt, d. h. die Abweichungen, welche sich in den heutigen Handschriften finden, sind nur Versehen der Abschreiber und lassen sich durch die Mittel, durch welche die treue Bewahrung des damals' festgestellten Textes gesichert ist, fast ausnahmslos verbessern. Der Text ist nämlich in allen fünf — ausgenommen die zwei letzten Bücher des Atharvaveda — in einer doppelten Vortragsweise, später Schreibweise, bis zu uns gelangt; in alter Zeit gab es deren sogar noch mehrere, welche uns jedoch, wenigstens bis jetzt, nur durch die darüber gegebenen Regeln und einzelne Proben bekannt sind; alle controllirten sich gegenseitig und dienten dazu den Text der Diaskeuase treu für alle Zeiten zu bewahren; einige derselben waren sogar ausdrücklich, oder wenigstens wesentlich, zu diesem Zweck erfunden. Ausserdem sind alte grammatische Tractate — die sogenannten Prâtiçâkhya's für vier Sammlungen — die des Rigveda, der beiden Yajus und des Atharvaveda — auf uns gelangt — ein ähnlicher für den Sâmaveda ist leider noch nicht gefunden —, welche, indem sie die Gesetze ihrer Vortrags- somit auch Schreibweise feststellen, in unzähligen Stellen jeden Zweifel über die richtige Leseweise des Textes entfernen; ferner giebt es Citate in Menge in den übrigen Schriften der vedischen Literatur; endlich sind uns zu allen Sammlungen Commentare bewahrt, welche in den meisten Fällen jedes einzelne Wort des Textes glossiren. Es ist demnach keinem Zweifel zu unterwerfen, dass, sobald uns alle diese Hülfsmittel vorliegen werden — was bis jetzt freilich noch nicht der Fall ist — es fehlt z. B. noch die Veröffentlichung des Commentars zum Atharva-Veda ganz, die des zum Sâmaveda und der Taittirîya Samh. zum grössten Theil und auch die des Commentars zum Rigveda ist noch nicht vollständig (doch fehlt nur noch wenig) — der Text der Diaskeuase, zumal bei Benutzung der allgemeinen Hülfsmittel, welche Grammatik und Lexikon darbieten, völlig so gestaltet hervortreten wird, wie ihn die Diaskeuasten festgestellt haben. Selbst jetzt schon, wo uns jene Hülfsmittel noch nicht vollständig vorliegen, giebt es z. B. im Rigveda nur ausserordentlich wenige Fälle, wo man über die in den Text aufzunehmende Leseart schwanken könnte. Es sind diess solche, wo die Handschriften, welche keinesweges allsammt mit gleicher Sorgfalt geschrieben sind, in Folge von eingeschlichenen Versehen variiren und die richtige Leseart nicht durch jene bisher noch unvollständig bekannte Mittel gesichert zu werden vermag.

Wie gering aber die Anzahl dieser Fälle ist kann man aus dem Verzeichniss der Differenzen zwischen Max Müller's Quart-Ausgabe und der von Aufrecht ersehen, welches jener in der Vorrede zu seiner Rig-Veda-Sanhita. The sacred Hymns of the Brahmans translated etc. 1869 p. LI ff. giebt. Es erstreckt sich über acht Mandalas, das heist 610 enggedruckte Seiten des Samhitâ-Textes in M. Müller's kleiner Ausgabe (London 1873) und es bleiben höchstens vier oder vielleicht fünf Fälle, über welche man noch schwanken könnte; nämlich in M. M. Verzeichniss nur vier; der fünfte Fall ist ein von ihm übersehener, Rv. VII. 33, 8, wo er und auch Roth im Ptsb. Wörterbuch prajavó lesen, Aufrecht dagegen prasavó hat; da M. M. diesen Fall nicht erwähnt, so weiss ich nicht ob Aufrecht's Leseart auf Handschriften beruht, oder nur ein Druckfehler ist; prajavó kömmt zwar nur einmal in den Veden vor, an dieser Stelle nämlich (ausser in Yâska's Nirukta, wo es XIII. 13 als Glosse von javâ dient, auch sonst nicht), während prasavó sehr oft gebraucht wird, allein Sâyanas' Glosse durch pravega, womit er prasava nie glossirt, zeigt wohl dass auch ihm die M. M. und Roth'sche Leseart vorlag[1]).

____

1) In Bezug auf nîlavat VII. 97,6 gegenüber von nîlavân VIII. 19, 31 stimmen Aufrecht und M. Müller überein. Dennoch spricht Accent (nilá ist Oxytonon, nîla aber Paroxytonon) und Sinn dafür, dass in VII. 97,6 nîlavat die ursprüngliche Leseart war. Im Ptsb. Wtbch, so wie bei Grassmann ist auch das letztre unter ni'lavant aufgeführt, doch hätte beider Orten bemerkt werden müssen, dass der Text hier unzweifelhaft schon in der Diaskeuase ḷ hatte; denn Sâyana erklärt nilayo nivâsah. Uebrigens spricht Sâyana's Erklärung in VIII. 19,31 auch da für die Leseart

17, 3; 7; 8; 9. bilden die fünf ersten Silben eines achtsilbigen Stollens, dessen vier letzte Silben vorwaltend eine Dipodia iambica repräsentiren, so dass sich die Kürze des *a* aus dem Einfluss des Metrum erklären liesse; doch giebt es Fälle genug, wo diesse Dipodia mit einer Länge beginnt, z. B. auch in diesen Hymnen I. 15, 7; 17, 2 und sogar in 17, 3 selbst, so dass die Verkürzung durch das Metrum wenigstens nicht geboten war. Unter den übrigen 10 Fällen ist noch ein analoger Rv. V. 67, 1, wo *devă* die 4te und 5te Silbe eines achtsilbigen Stollens bilden, also *vă* ebenfalls die erste Silbe der Dipodia iambica[6]). In den neun übrigen Fällen dagegen liegt in dem Metrum entschieden kein Grund zur Verkürzung und, ausser vielleicht in einem, ist auch sonst keine Veranlassung zu erkennen, welche sie zu erklären vermöchte.

Diesen einen Fall bildet *dhritavrată* in I. 15, 6. Da es die schliessende Dipodia iambica des ersten Stollens repräsentirt, so ist aus dem Worte allein nicht allein kein Grund zur Verkürzung der letzten Silbe (≃) zu entnehmen, sondern es wäre vielmehr eher zu erwarten gewesen, dass sich hier unter allen Umständen die grammatische Länge hätte behaupten müssen. Hält man jedoch daran fest diese Verkürzungen in letzter Instanz aus metrischen Einflüssen zu erklären, dann kann man in diesem Fall eine gewissermassen assimilirende Wirkung des unmittelbar folgenden, durch metrische Einflüsse erklärbaren *Mitrávaruṇă* geltend machen und annehmen, dass *dhritavrată*, weil es das zu *Mitrávaruṇa* gehörige Adjectiv sei, in Bezug auf seinen Auslaut der Analogie seines regens gefolgt sei.

Allein in den acht übrigen Fällen erscheint die Verkürzung unabhängig von jedem directen oder selbst indirecten Einfluss des Metrum; ja in einigen hätte man nach metrischen Analogien eher die grammatische Länge erwartet.

Diese Fälle sind folgende:

Rv. V. 66, 6 erscheint *mitră* (im Sinne von 'Mitra und Varuna') als

---

6) Beiläufig bemerke ich, dass durch Versehen sowohl in der 4to als 8vo Ausgabe M. Müller's die Verkürzung in diesem Vs unterblieben ist; dass sie Statt finden muss, zeigt Rv. Pr. 312, 3; in Aufrecht's Ausgabe ist richtig gedruckt.

erstes Wort eines achtsilbigen Stollens. In dieser Stelle ist die 2te Silbe so sehr vorherrschend lang, dass in unzähligen Fällen, wenn sie durch eine grammatische Kürze repräsentirt ist, diese in dem Samhitá-Text, gedehnt erscheint[7]. Weit entfernt also, dass hier das Metrum eine Verkürzung hätte veranlassen können, hätte es vielmehr eine Verlängerung herbeiführen, also auf jeden Fall, wenn das Wort an dieser Stelle ursprünglich einen langen Auslaut hatte, diesen bewahren können, ja müssen. Wir können dadurch schon darüber bedenklich werden, ob die Erklärung für die fünf ersten Fälle durch das Metrum, trotzdem dass sie so passend zu sein scheint, in letzter Instanz die wirklich richtige ist. Diese Bedenken werden durch die übrigen Fälle noch gesteigert.

Rv. I. 151, 4 bildet *asurǎ yǎ* den 2ten Fuss eines zwölfsilbigen Stollens, und repräsentirt den Paeon quartus (*ᴗᴗᴗ-*), welcher wahrscheinlich[8] der dritthäufigste Rhythmus dieses Fusses ist; der häufigste ist wahrscheinlich[8] der Choriamb, der zweithäufigste ebenfalls wahrscheinlich[8] der Jonicus a minore (*ᴗᴗ--*); diesen letzteren würden wir haben, wenn *asurá* gelesen würde. Man kann also auch hier auf keinen Fall eine metrische Exigenz für die Verkürzung geltend machen.

Rv. VII. 85, 4 bildet *yá ádityǎ* den ersten Fuss eines elfsilbigen Stollens. In diesem Fuss ist das Metrum sehr frei, so dass also auf keinen Fall ein metrischer Grund für die Verkürzung anzuerkennen ist. Aber gerade in der 4ten Silbe finden wir auslautende grammatische Kürzen nicht selten im Samhitá-Text gedehnt, z. B. Rv. V, 52, 5 *divó arcá*, V. 35, 8 *rátham avá*[9]); so dass also, wenn in *ádityǎ* eigentlich eine Länge den Auslaut hätte bilden sollen, das Metrum sie wohl auf jeden Fall bewahrt hätte.

---

7) siehe Regnier Ausg. des Rv. Prâtiç. in Études sur la Grammaire Védique, Par. 1858 zu VII—IX, 1stes alphabetisches Verzeichniss S. 24—43; ferner Whitney, Ath. Pr. zu III. 16, p. 132 ff.

8) Meine metrischen Sammlungen sind noch nicht so vollständig, dass ich mich mit Sicherheit darüber aussprechen kann.

9) vgl. die Abhdlg. 'Ueber die Quantitätverschiedenheiten in den Samhitá- und Pada-Texten der Veden', welche bald erscheinen wird und Whitney a. a. O.

.Ganz eben so verhält es sich in Rv. VII. 60, 12 = 61,7 mit *iyám devă*, und Rv. VIII. 9, 6 = Ath. XX. 140, 1 mit *yád vá devă.*

In Rv. V. 64, 6 bildet *varuṇă* den Schluss des Stollens, so dass das Metrum die Verkürzug unmöglich herbeiführen, eher die Länge hätte halten müssen.

In VI. 68, 5 und VII. 61, 1 verhält es sich mit *Varuṇă* genau so wie in I. 151, 4 mit *asură*, so dass auch hier kein Einfluss des Metrum anzuerkennen ist.

Ist aber in diesen letzten Fällen das Metrum nicht der Grund der Kürze, so ist es es auch nicht in den ersten, sondern in diesen hat das Metrum nur dazu beigetragen die Kürze, welche in letzter Instanz auf einem andern Grund beruht, zu bewahren.

Da wir wissen, in welchem innigen Verhältnisse die Sprache der Veden zu der des Avesta stehet, in dieser aber nicht bloss der Vokativ, sondern auch der Nomin. und Acc. des Dualis der Themen msc. gen. auf *ă* (auch der ntra auf *ă*, so wie der Themen auf *au* und Consonanten) überaus häufig, neben *á*, auf *ă* auslautet, so werden wir keinen Anstand zu nehmen brauchen, in diesen vedischen Vokativen auf *ă* Nebenformen von denen auf *á*, ganz nach Analogie derer im Avesta anzuerkennen; ohne jedoch unbemerkt zu lassen, dass sich in ihnen die Verkürzung wahrscheinlich durch die im Vokativ eintretende Zurückziehung des Accents auf die erste Silbe erklären möchte.

Von einem derartigen Vok. Dualis auf kurzes *a* wissen die Indischen Grammatiker natürlich nichts und die Bewahrung desselben in diesem und noch einem sogleich zu besprechenden Fall können wir einzig daraus erklären, dass die Diaskeuasten die Vedentexte, ohne irgend einer andern Rücksicht Einfluss auf ihr Verfahren zu verstatten, *treu so* fixirten, wie sie sie aus dem Munde ihrer Gewährsmänner empfangen hatten.

Dieser eine eben angedeutete Fall findet sich in der Taittirîya-Samhitâ I. 6. 12. 4 in einem nur in dieser Sammlung vorkommenden Verse

प्र सम्राजं प्रथममध्वराणाम्

अꣳक्तोमुचं वृषभं यज्ञियानाम् ।

अपां नपातमश्विना ह्यन्तम्

अस्मिन्वर इन्द्रियं धत्तमोजः ॥

nara im 4ten Stollen gehört augenscheinlich zu dem Vokativ *açvinâ*, dessen Beisatz es im Rv. vorwaltend bildet (von Rv. I. 3, 2 an bis X. 143, 6 in nicht weniger als 58 Stellen, nach Grassmann's Aufzählung, Columne 749); schon dadurch wird es ebenfalls als Vokativ bestimmt; noch mehr aber ausserdem durch das zu beiden gehörige *dhattam*, die 2te Person Dualis Imperativi von *dhâ*. Es steht für die gewöhnliche vedische Form *narâ*, wie *devă* für *devá*, und entspricht ganz genau der Form im Avesta, welche ebenfalls (im Nom. du.) *nara* lautet. Das Thema ist in beiden Sprachen *nar*.

Da die Indische Grammatik, wie gesagt, nichts von einem Dual auf *ă* weiss, und die Anerkennung desselben, wenn auch nur als Verkürzung der Form auf *â*, in dem Rv.-Prâtiçâkhya und Pada wohl unzweifelhaft, wie manches andre in diesen am sorgfältigsten unter den entsprechenden Arbeiten weiter entwickelten Schriften [10], zu den verhältnissmässig späten Entdeckungen gehört, so wusste der Pada-Verfertiger der Taittirîya-Samhitâ mit dieser Form nichts anderes anzufangen, als dass er sie — wofür natürlich auch der archaïstische, gerade beim Vokativ überhaupt nicht seltene und leicht erklärliche (s. im folgenden Beispiel die Bemerkung zu Rv. IX. 113, 6 über *ch* hinter einem Vokativ), Mangel der Contraktion: hier des auslautenden *a* in *nara* mit dem folgenden *i* in *indriyám*, zu sprechen schien — für den Plural des Vokativ — *narah* — nahm. Bei dieser Annahme ist ein grammatisches Verständniss des Verses natürlich völlig unmöglich und der Commentar (in der Calcuttaër Ausgabe I. p. 948) bemüht sich vergeblich in diesen

---

10) vgl. GgA. 1859 S. 1011, 'Nachrichten' 1874 S. 232, und in den weiter folgenden Abhandlungen über den Pada-Text und die Prâtiçâkhya's.

F.

Unter diesen möge mir verstattet sein, ein Beispiel noch besonders hervorzuheben.

In Çântanava's Phitsûtra's IV. 15 wird bekanntlich die Regel gegeben, dass *yáthá* am Ende eines Stollens accentlos sei. In den Prâtiçakhya's findet sich zwar keine der Art; jedoch einzig aus dem Grunde, weil *yáthá* im Pada-Text eben so (d. h. mit oder ohne Accent) geschrieben ist, wie in dem der Samhitâ; wo aber beide Texte in der Quantität übereinstimmen war für die Zwecke der Prâtiç. keine Regel nöthig.

Diese Regel ist sowohl positiv als negativ, d. h. 1) am Ende eines Stollens verliert *yáthá* seinen Accent 2) in der Mitte eines Stollens bewahrt es ihn.

Was nun die erste Richtung betrifft, so findet sich im Rv. die Regel unter den 35 Fällen, in denen *yathá* am Ende eines Stollen erscheint, 33 mal beobachtet, 2 mal dagegen ist *yáthá* auch an dieser Stelle accentuirt. Es ist dies Rv. VII. 32, 26 = Sv. I. 3. 2. 2. 7 = Ath. XVIII. 3, 67 = XX. 79, 1, und Rv. VIII. 46, 14 = Sv. I. 3. 2. 3. 3. der Fall.

Im Sâmaveda dagegen finden sich noch folgende drei Ausnahmen I. 3. 1. 3. 1 (= Rv. I. 30, 1, wo aber die Regel beobachtet ist), Sv. I. 5. 1. 2. 9 (= Rv. VIII. 21, 5 wo ebenfalls die Regel beobachtet ist), Sv. I. 6. 1. 1. 4 (= Rv. IX. 36, 1 wo wieder ohne Accent); wahrscheinlich auch eine 4te Sv. II. 6. 1. 5. 2 (= Rv. VIII. 1, 2, wo hier ebenfalls accentlos), über welche sogleich.

Ob sich in den übrigen Veden noch Abweichungen finden, kann ich jetzt noch nicht entscheiden.

Bezüglich der zweiten Richtung — Bewahrung des Accents von *yáthá* in der Mitte eines Stollens — findet sich unter 233 Fällen, in denen *yáthá* in Mitten eines Stollens erscheint, nur ein einziger Fall, in welchem im Rv. diese Regel nicht beobachtet ist, d. h. *yáthá* mitten im Stollen accentlos erscheint. Diese Stelle ist gerade die eben angedeutete, Rv. VIII. 1, 2 = Ath. XX, 85, 2 (und = Sv. II. 6. 1. 5. 2, wo aber *yáthá* accentuirt ist).

Wir haben diese Ausnahmen, sowohl nach der einen als der andern Richtung, eigentlich hier nur als eine der Inconsequenzen aufführen wollen, welche Zeugniss für die Treue ablegen, mit welcher die Diaskeuasten ihren Gewährsmännern folgten. Denn die ganze Diaskeuase macht trotz aller Inconsequenzen, welche darin erscheinen, dennoch den Eindruck einer so sorgfältigen Constituirung, dass wir diese Inconsequenzen, zumal wenn, wie im letzterwähnten Beispiel unter 233 Fällen nur einmal eine Abweichung vorkömmt, nicht einem Versehen oder Zufall zuschreiben dürfen. Bei der grossen Akribie, welche sich gerade in den Arbeiten, die sich auf die Aussprache, den Vortrag, der Veden beziehen, kund giebt, ist wohl nicht im Entferntesten zu bezweifeln, dass den Diaskeuasten keinesweges entging, dass *yathá* ohne Accent in VIII. 1, 2 auch nicht eine einzige Analogie für sich hatte, wohl aber eine grosse Anzahl (232), welche sie wohl eben so gut, wie wir, gezählt hatten, gegen sich. Wenn sie trotz dem den Accent ausliessen, so ist es schon nach den bisherigen Beispielen höchst wahrscheinlich, dass sie das Wort so von ihren Gewährsmännern an dieser Stelle gehört hatten und eine genauere Erwägung, welche ich mir bei diesem so interessanten Fall verstatten will, wird diese Annahme hier wohl fast zur vollen Gewissheit erheben.

Nach Analogie der übrigen Wörter im Indogermanischen, welche in bestimmten Fällen oder überhaupt tonlos erscheinen, ist auch von *yáthá* mit Bestimmtheit anzunehmen, dass es ursprünglich allenthalben den Accent hatte; wenn es seinen Accent am Ende eines Stollens einbüsst — und zwar nach Çántanava durchweg — so trat diese Einbusse, wie alles geschichtlich entwickelte, gewiss nicht auf einmal ein, sondern nach und nach. Dafür spricht wohl entscheidend der Umstand, dass im Sv. der Accent auch an dieser Stelle noch fünfmal, wahrscheinlich sechsmal bewahrt ist, während die Anzahl der Fälle, in denen er eingebüsst ist, in diesem Veda nur fünf ist.

Es ist nun keinem Zweifel zu unterwerfen, dass in der Constituirung des Textes des Sámaveda andre Sänger als Gewährsmänner dienten, als in der des Rigveda und in der (um drei oder vier Fälle) häufigeren

Bewahrung des Accents von *yáthâ* an dieser Stelle mögen wir, wie in manchen andern Abweichungen dieses Veda von der im Rv. vorliegenden Textesconstitution, Archaïsmen erblicken, welche bei den Gewährsmännern, auf deren Autorität der Rv.-Text constituirt ward, bis auf zwei Fälle, dem neuen Gesetz, welches sich bei ihnen eingebürgert hatte, gewichen waren. Dieses Gesetz wurde höchst wahrscheinlich dadurch herbeigeführt, dass einerseits die Senkung der Stimme am Ende eines Stollens, welcher in der ältern Vedenzeit die einzige Unterabtheilung der Strophe (oder des langen Verses) bildete und noch nicht mit einem nachfolgenden Stollen zu einem Hemistich phonetisch verbunden ward (vgl. die IIte Abhandlung), eine minder energische Aussprache des Schlusses bewirkte, andrerseits dadurch, dass *yáthâ* in allen hieher gehörigen Stellen (ausser vielleicht, doch wahrscheinlich ebenfalls, IX. 97, 11) in seiner Bedeutung zu der des ganz tonlosen mehr als enklitischen — als Compositionsglied mit dem vorhergehenden Worte verbundenen — *iva* herabgeschwächt ist.

Jene Einwirkung — die Senkung der Stimme — fällt aber in der Mitte des Stollens weg und da VIII. 1, 2 die einzige Stelle ist, wo *yáthâ* trotzdem in der uns überlieferten Recension des Rigveda den Accent eingebüsst hat, so entsteht schon dadurch die Vermuthung, dass es auch hier einst den Schluss des Stollens gebildet hatte.

Freilich ist das in der Rv.-Recension entschieden nicht der Fall. Denn hier lautet das Hemistich

avakrakshínam vrishabhám yathâjúram gâ'm ná carshanísáham.

Wollte man nun trennen

avakrakshínam vrishabhám yathâ
ajúram gâ'm ná carshanísáham

dann würde der erste Stollen 10 Silben, der 2te 9 Silben enthalten, während die allgemeine Regel in diesem Metrum für den ersten 12 und für den zweiten 8 Silben fordert, was herauskömmt, wenn wir trennen

avakrakshínam vrishabhám yathâjúram
gâ'm ná carshanîsáham

und im 2ten gâ'm als Repräsentanten von 2 Silben betrachten (Grassmann

will *gâvam* sprechen, wie in der That vielleicht diese Form einst lautete).
Diese Trennung wird auch in der Anukr. angenommen, nach welcher
der Vers eine *satobrihatî* (12 + 8 + 12 + 8) ist.

Allein der Sâmaveda hat hier so wie im folgenden Halbvers eine
wesentlich variirende Leseart.

Er liest II. 6. 1. 5. 2, die beiden ersten Stollen:

avakrakshínam vrishabhám yáthâ júvam gâ'm nâ carshanîsâham.

Er hat freilich zunächst wie schon bemerkt accentuirtes *yáthâ* im Gegensatz zu dem accentlosen des Rigveda. Allein, da er ausserdem in 5
Fällen (zweien in Uebereinstimmung mit, dreien im Gegensatz zum
Rigveda) accentuirtes *yáthâ* am Ende eines Stollens hat, so hindert die
Accentuation nicht, auch an dieser Stelle den Schluss des Stollens an-
zusetzen. Freilich hat dann der erste Stollen nur 10 Silben; allein 10-
silbige Stollen sind sehr häufig und in der Pragâtha-Strophe erscheinen
sie z. B. noch Rv. I. 39, 30; VII. 48, 17; VIII. 19, 33 und wohl auch
sonst noch, was ich jetzt nicht genauer auszuführen vermag, und auch
wohl kaum nöthig habe, da die Metra der Veden keinesweges sehr
regelmässig sind und der Text nicht selten durch die der Diaskeuase
vorhergegangene Ueberlieferung gelitten hat.

Ferner könnte man aber einwenden, dass bei dieser Trennung in
den 2ten Stollen 9 Silben statt 8 kommen.

Dagegen ist aber zu bemerken, dass *uva* nicht selten *va* zu lesen
ist, da es auf *ŭa*, hier für eigentliches *ûa*, mit Verkürzung des langen Vokals
vor dem nachfolgenden, beruht, welches ursprünglich mit Hiatus gesprochen ward, später aber theils zu *va*, theils zu *uva* ward. So ist
z. B. im Rv., wo sich Casus von *suvânâ* (Vb. *su* 'pressen') finden, ob-
gleich unser Text *suvânâ* hat, fast ausnahmslos *svânâ* zu lesen,[11]) nämlich,
wie die Note ausweist, in 31 Fällen 28mal; von den übrigen dreien
gehört der eine I. 130, 2 wahrscheinlich ebenfalls hieher, so dass *svâ*⁰
in 29 Fällen statt des geschriebenen *suvâ*⁰ zu lesen ist; der andre Fall
VII. 38, 2 kömmt hier gar nicht in Betracht, da dieses *suvânâ*, wie unten

---

11) Ich erlaube mir alle Stellen hier aufzunehmen und zwar nach den ein-

bemerkt, nicht zu demselben Verbum gehört, so dass unter allen dreissig Fällen, wo im Rv. das Ptcp. Präs. âtm. von *su suvâná* geschrieben ist,

zelnen Casus, da möglicherweise die Verschiedenheit der Aussprache Manchen mit deren Form zusammenzuhängen scheinen könnte:

suvânâh

zu sprechen *svânâh*,　　　z. spr. *suvânâh*　　　Aussprache fraglich.

Rv. IX. 6, 3　　　　　　　Rv. VII. 38, 2 (aber nicht

9, 1 = Sv. I. 5. 2. 4. 10　von *su* 'pressen' wie jene,
(wo auch *svâ*° ge-　　　sondern von *sú* 'senden')
schrieben, aber
mit der V. L.
svânâh)

18, 1 = Sv. I. 5. 2. 4. 9
(wo *svânah* ge-
schrieben);
°*shthâh* in *gi-
rishthâ*'h gilt für
zweisilbig.

34, 1

52, 1 = Sv. I. 6. 1. 1. 10
(wo auch *svânáh*
geschrieben)

66, 28　(*akshâh* ist drei-
silbig, wie IX.
18, 1)

86, 47

87, 7

91, 2　(wo *nahushiebhir*
z. l.)

97, 40 = Sv. I. 6. 1. 4. 7
(wo auch *svâ*°
geschrieben)

98, 2

107, 3 = Sv. II. 5. 2. 12. 3
(*svâ*°)

107, 8 = Sv. I. 6. 1. 3. 5
(*shvâ*°)

4*

nur einer vorkommt II. 19, 1, wo es in dem überlieferten Text höchst wahrscheinlich auch *suv⁰* zu lesen ist; aber selbst dessen Werth wird

z. spr. *svâ⁰*

  107, 10 = Sv. I. 6. 1. 3. 3 (*svâ⁰*)

  109, 16(=Sv. II. 4. 2. 10. 1, wo jedoch VL. *vâjî'* statt *suvâ-náh*)

X. 35, 2

z. sp. *suvâ⁰* . Ausspr. fraglich.

suvânám

I. 130, 2 (da aber *Indra* so sehr häufig *Indara* zu lesen ist (vgl. Grassmann, s. v.) und *suvâná* 'pressen' fast immer *svâná* lautet, so ist höchst wahrscheinlich, dass auch hier *Indara svânám* z. l.).

suvânásya

II. 11, 2

II. 19, 1 (zwar ist der Stollen unregelmässig, allein wenn man *suvâ⁰* spricht, stimmt er fast ganz in seinem metrischen Bau mit dem 4ten Stollen desselben Verses, nämlich

$$\smile - \smile - \mid \smile - - - \mid \smile\smile\bar{\smile}$$
$$- - \smile - \mid - - - - \mid \smile\smile\bar{\smile}$$

suvâné

VIII. 52 (Vâl. 4), 2 /

*suvânâ'*h

IX. 13, 5 = Sv. II. 5. 1. 3. 6 (wo auch *svâ⁰* geschrieben)

einigermassen fraglich durch die Unregelmässigkeit des Stollens. Für die Richtigkeit der Aussprache *svâ⁰* in den 29 Fällen (gegen den einen) entscheidet übrigens der Umstand dass im Sv. in allen mit denen des Rv. identischen Stellen der überlieferte Text *svâ⁰* schreibt, und so auch entschieden zu sprechen ist.

Lesen wir nun nach dieser Analogie im Sv. *jvam* und betrachten dieses als die alte Leseart dieses Verses, d. h. auch als die einstige des Rigveda, dann erhalten wir einen Vers von 10 + 8 + 12 + 8 Stollen. Da nun überzählige und mangelhafte Stollen in der uns überlieferten Diaskeuase der Veden nicht wegzuleugnen sind, so möchte ich fast wagen — ich sage ausdrücklich wagen: denn bei unsrer noch geringen Kenntniss der feineren Gesetze der Vedenmetrik ist jeder Versuch über das ganz klar vorliegende hinaus zu gehn immer bedenklich — in Rück-

---

z. spr. *svâ⁰*	z. sp. *suvâ⁰*	Ausspr. fraglich.
65, 24 = Sv. II. 4. 2. 11. 3 (wo auch *svâ⁰* geschrieben)		
101, 10 = Sv. I. 6. 2. 1. 4 (wo auch *svâ⁰* geschrieben)		
	suvânâ'sah	
VIII. 3, 6 = Ath. XX. 118, 4 = Sv. II. 7. 3. 8. 2 (im letzten auch *svâ⁰* geschrieben)		
6, 38.		
51, 10		
IX. 10, 4 = Sv. I. 5. 2. 5. 9 (wo auch *svâ⁰* geschrieben)		
17, 2.		
79, 1 = Sv. I. 6. 2. 2. 2 (wo auch *svâ⁰* geschrieben)		
	suvânaîh	
VIII. 4, 14		

sicht darauf, dass in diesem Hymnus (VIII. 1) Vs. 1. 3 und 5—32 entschieden Brihatî's sind, Vers 33 und 34 aber, welche Trishtubh sind,
sicher nicht zu diesem Hymnus gehören, sondern Fragmente sind, die
nur hier angehängt — bezw. hier vorgetragen wurden — weil in Vers
33, wie in 32, der Name *Âsanga* vorkömmt — und mich dem in Rv.-
Prâtiç. 976 ausgesprochenen Princip anschliessend, wonach 'die Majorität
Mittel zur Erkenntniss der Stollen ist' — anzunehmen, dass der erste
Stollen

avakrakshí*nam* vrishabhá*m* yathá (Rv., *yáthá* Sv.)

trotz seiner Zehnsilbigkeit als überzähliger 8silbiger aufzufassen ist, so
dass auch Vers 2 als Brihatî betrachtet werden muss. Er besteht dann
aus zwei Füssen von je 5 Silben

avakrakshí*nam*

vrishabhá*m* yathâ

die sich fast ganz ähnlich sind — denn dass die 2te Silbe in dem ersten
Fuss positione lang, im 2ten aber kurz ist, macht in den alten Gedichten
an dieser Stelle des Verses keinen Unterschied und hier wohl um so
weniger, da die Position durch eine muta cum liquida gebildet wird.

Dieser Rhythmus scheint mir sie sehr gut zu befähigen an die
Stelle der regelmässigen beiden 4silbigen Füsse eines 8füssigen Stollens
zu treten; es sind gewissermassen 2 halbe und drei ganze Silben an
die Stelle von vier ganzen Silben getreten.

Es bleibt dann in den (ersten) 32 (oder eigentlich allen) Versen
dieses Hymnus nur einer, der 4te, welcher im ersten Stollen zwölfsilbig
ist; aber auch dieser wird 8silbig, wenn wir es wagen das ganz über-
flüssige *vipaçcíta*h herauszuwerfen und wir erhalten dann dasselbe Metrum
für den ganzen Hymnus — d. h. Vers 1—32.

Für die Bevorzugung der Sv.-Leseart *júvam* (zu sprechen *jvam*)
scheint aber nicht bloss der Umstand zu sprechen, dass dadurch das in
dem Rv.-Text accentlose *yathá* an das Ende des Stollens tritt und der
2te Stollen vollzählig (8silbig) wird, sondern auch der Sinn.

Die Accusative im 2ten Verse hängen von dem Imperativ 2 Plur.
stota in Vers 1 ab; liest man nun mit Rv. *ajúram* dann ergiebt sich als

Uebersetzung 'den wie einen wegreissenden[12]) Bullen (einem wegreissenden Bullen gleichen), nicht alternden, wie einen Stier Menschen bewältigenden'. Lesen wir dagegen *jvam* so sind die Vergleiche nur determinirende Elemente für *carshantsáham* und, statt jener fast sinnlosen Zersplitterung, erhalten wir ein einheitliches, durch Vergleiche gehobenes, Bild: (Preiset ihn), welcher wie ein wegreissender Bulle, wie ein eilender Stier die Menschen bewältigt; 'wegreissend' in Bezug auf den Bullen kann wohl kaum etwas anderes bedeuten, als 'mit den Hörnern wegschleudernd'; die Schnelligkeit der als Zugthiere gebrauchten indischen Rinder ist bekannt; wir würden sagen 'der schleudernd wie ein Bulle, schnell wie ein Zugstier die Menschen bewältigt (züchtigt)'.

Der gegebenen Ausführung gemäss war demnach einst *yathá* wirklich der Schluss des Stollens und indem die Diaskeuase des Rigveda, trotzdem dass in ihr *yathá* (in *avakrakshínam vrishabhám yathájúram*) entschieden inmitten des Stollens zu stehen kam, dennoch gegen alle Analogie auch hier die nur am Ende des Stollens geltend gewordene Accentlosigkeit bewahrte, zeigt sie, wie sie keine andre Rücksicht kannte, als die treue Fixirung dessen was sie aus dem Munde ihrer Gewährsmänner vernahm, und in Folge dieser Treue hat sie denn auch hier in dem accentlosen *yathá* wirklich die alte Aussprache erhalten und uns dadurch ein Mittel bewahrt, mit Hülfe des Sv. die alte Leseart mit hoher Wahrscheinlichkeit wieder herzustellen.

Ein ziemlich ähnliches Beispiel dieser Treue liefert auch das folgende Hemistich dieses Verses.

Zur Zeit der Vedendichtung wurde ähnlich, wie im Latein, jedoch nicht so regelmässig, wohl aber sehr häufig, ein auslautendes *m* vor an-

---

12) Warum ich in der Erklärung von *avakrakshínam* dem Ptsb. Wtbch und Grassmann nicht beitreten kann mag sich jeder leicht aus deren Darstellung entnehmen. Ich ziehe dieses Wort, so wie *krákshamánam* VIII. 76 (65), 11 'züchtigend', mit der indischen Ueberlieferung zu *karsh*; *vana-krakshám* lautet, um auch dies nicht unbeachtet zu lassen, in M. M. Ausgaben richtig *vanarikshám* IX. 108, 7 und jenes ist im Sv. Gl. und im Ptsb. Wtbch. zu streichen, und in Aufrechts Ausgabe, so wie M. M. Index, in dieses zu ändern.

lautenden Vokalen inmitten eines Stollens eingebüsst und der dem *m* vorhergehende Vokal mit dem anlautenden zusammengezogen. Da diese Licenz im späteren Sskrit unerhört ist, so entging sie auch den Vedenforschern; im Padatext stellen sie — was bei metrischen Umwandlungen sonst der Fall ist — hier niemals [13]) die grammatische Form her, sondern auch wo das Verständniss kaum dunkel sein konnte, wie z. B. Rv. VIII. 2, 37 *yájadhvainam,* wo Pâṇini VII. 1, 43 augenscheinlich annimmt, dass *yájadhva* für *yájadhvam* stehe und die Scholien richtig erklären *enaṃçabde parato dhvamo malopo nipâtanât,* also *m* ausfallen lassen, schreiben sie dennoch im Padatext ebenfalls *yájadhva* ohne *m*; dasselbe geschieht auch in den Fällen, wo *asmákam* und *túbhyam* ihr *m* einbüssen (z. B. Rv. I, 173, 10; I. 54, 9). In andern in dem Samhitâ-Text bewahrten Fällen dagegen haben sie sich in Bezug auf die Auflösung — da die Einbusse eines *m* ihnen gar nicht in den Sinn kam — durchgehends geirrt; so z. B. ist Rv. IV. 18, 2, wie im Ptsb. Wtbch bemerkt, *durgáhaitát* mit Unrecht im Pada-Text | *durgáhâ* | *etát* gesprochen statt *durgáham* | *etát* | ; Rv. V. 46, 2 (= VS. 33, 48) lautet Samh. *Mâ'rutotá* im Pada | *mâ'ruta* | *utá* | und wird von Sâyaṇa und Mahîdhara als Vokativ genommen, was es wegen des Accentes schon nicht sein kann; es steht für *mâ'rutam* ist Accus. si. ntr. und gehört, wie so oft, zu *çárdhas* (vgl. z. B. I. 37, 1). Es giebt noch mehrere Beispiele dieser Art, welche bei Behandlung der vedischen Phonetik besprochen werden sollen. Hier erwähne ich nur noch eines, welches uns den Uebergang zu unserer Stelle bahnen wird. In der Taittirîya-Samhitâ I. 4. 44. 2 findet sich

---

13) Die Pada-Aussprache *îm* für in der Samhitâ erscheinendes *î* (Rv.-Pr. 302) gehört natürlich nicht hieher, da 1) *î* nur vor Consonanten erscheint; 2) durch die Identität dieses *î* mit dem *i* des Avesta und dem im Griechischen angeschlossenen -*ι'* z. B. οὑτοσ-*ι'* kaum einen Zweifel darüber aufkommen lässt, dass die indischen Vedenforscher dieses mit Unrecht mit *îm* identificirt haben, dass es vielmehr entweder für einen andern Casus des Pronomens *i* als *îm* zu nehmen ist, oder als eine Nebenform, welche sich schon vor der Sprachtrennung davon abgelöst hatte, oder endlich *î* allein vor der Sprachtrennung existirte und *îm* = *im* im Avesta sich erst auf arischem Boden daneben geltend gemacht hat.

sávanedám; in der Web. Ausgabe ist *sávane 'dám* gedruckt, woraus wir schon folgern können, dass, da *sávană* nur der hier wegen des Accents und Sinns nicht zulässige Vokativ sein könnte, der Pada-Text *sávaná* liest; diese Folgerung erhält ihre Bestätigung durch Mádhaváchárya's Commentar (ed. Calc. I. p. 707), wo in aller Harmlosigkeit *idam savaná* durch *imáni savanáni* glossirt wird. Ziemlich analog wird an unsrer Stelle (Rv. VIII. 1, 2) die Aussprache der Samhitá *samvánanobhayamkarám* im Pada *sam-vánaná | ubhay°* gesprochen, hier jedoch *samvananá* von Sáyana ohne weiteres in *samvananam* umgestaltet und durch *samyak sambhajaníyam* glossirt; dass auch hier der Samhitá-Text falsch zerlegt und aus *samvánanam ubh°* durch Einbusse des *m* entstanden sei, ist schon im Ptsb. Wtbch. bemerkt und erhält seine volle Bestätigung durch den Sv., welcher auch in der Samhitá die Form *samvánanam* hat, trotz dem dass das Metrum dadurch gestört wird.[14] Da der Sv. gesungen ward, so mochte schon seit alter Zeit das Metrum mehr zurückgetreten und dadurch die grammatische Form erhalten sein. Doch kann man diese Erscheinung auch anders erklären. Für uns ist nur wichtig, dass die Rv.-Diaskeuasten auch in diesem und den analogen Fällen treu fixirten was sie von ihren Gewährsmännern gehört hatten, höchst wahrscheinlich

---

14) In Bezug auf den Sinn, 'dass Indra Krieg und Friede schafft', vergleiche man die Parallelstelle Rv. III. 43, 2, b,

éko víçvasya bhúvanasya rájá
sá yodháyá ca kshayáyá ca jánán |

'Du hier, (indem du bist) der einzige Herrscher der ganzen Welt, verursachst Krieg und Frieden unter den Menschen'.

Der Padatext schreibt mit Unrecht *yodháya* und *kshayáya* mit auslautendem kurzem ă, jenes in Uebereinstimmung mit Rv.-Prátiç. 520, dieses nach der allgemeinen Regel, da hier *°yá* die 8te Silbe in einem 11silbigen Stollen ist. Das *á* steht vielmehr auch hier, wie Bollensen zuerst in andren Fällen erkannt hat und seitdem durch überaus viele Stellen als richtig erwiesen ist, für *ah* statt des ursprünglichen *as* (vgl. 'Ueber die Entstehung und Verwendung der im Sanskrit mit *r* anlautenden Personalendungen' in Abhandl. der Kön. Ges. d. Wiss. XV. S. 110 == bes. Abdr. 26).

mit eben so wenig grammatischem Verständniss desselben, als die späteren Vedenforscher zeigen.

Solche Inconsequenzen, welche in den die Phonetik und Flexion betreffenden Abhandlungen in grosser Menge hervortreten werden, sind, wie gesagt, nur begreiflich, wenn man annimmt, dass die Diaskeuasten, ohne sich durch irgend eine grammatische oder andre Räcksicht beirren zu lassen, den Text einzig so feststellten, wie sie ihn aus dem Munde ihrer Gewährsmänner gehört hatten; zumal da sich unter ihnen nicht wenige finden, welche ähnlich, wie die Bewahrung des Dentallauts (in A, S. 141) sich durch besondre phonetische Verhältnisse, oder, wie der linguale (in B, S. 141), durch Einfluss der Volkssprachen erklären, oder, wie die Vokative auf *ă* (in C, S. 142), als alte, im classischen Sanskrit ganz in Vergessenheit gerathene Nebenformen, oder endlich, wie die Accentlosigkeit von *yathá* (in F, S. 151), als ursprünglich richtig ausweisen.

Die treue Bewahrung dieser Inconsequenzen, welche, wie in den eben hervorgehobenen Fällen nicht selten mit der Grammatik nicht bloss des classischen, sondern auch des vedischen Sanskrits in grellem Widerspruch stehen, sowohl durch die Zeiten hindurch, in welcher das Studium der Grammatik auf indischem Boden in höchster Blüthe stand, als auch durch die nachfolgenden, in denen es immer tiefer sank, bis auf den heutigen Tag giebt uns aber ein unbestreitbares Recht zu der Annahme, dass überhaupt der ganze Text der Veden — ausser Theilen des Atharva — mit eben derselben Treue in der Gestalt, welche ihm die Diaskeuasten gegeben hatten, über drittehalb Jahrtausende hindurch sich erhalten hat.

§. 4.

Aber wie ist es möglich, — werden nicht wenige ausrufen und sich dabei auf die Erfahrungen, welche die Geschichte der europäischen Literatur darbietet, stützen — wie ist es möglich, dass Conceptionen von solchem Umfang sich so viele Jahrhunderte hindurch in solcher Unveränderlichkeit zu erhalten vermocht hätten; und zu diesem Ausdruck ungläubigen Staunens werden sie sich noch mehr berechtigt fühlen, wenn sie erfahren, was sie schon von selbst vermuthen werden, dass es auch nicht im Geringsten zu bezweifeln ist, dass diese Sammlungen noch lange Zeit nach ihrer Diaskeuase — wie selbst bis auf den heutigen Tag bei religiösem Gebrauch —, einzig aus dem Gedächtniss vorgetragen und sicherlich erst verhältnissmässig spät schriftlich fixirt wurden. Wie ist es denkbar, werden sie sagen, dem corrumpirenden Einfluss einer rein mündlichen Ueberlieferung auch nur Schranken zu setzen, geschweige ihn ganz zu verbannen? Der absolut Ungläubige wird vielleicht, selbst wenn er die nicht zu leugnende und bis zu voller Evidenz erweisbare Thatsache zugiebt, wenigstens ihre Unbegreiflichkeit festhalten, und sich dabei auf das bekannte je l'ai vu mais je ne le crois pas berufen; wer jedoch Gründen zugänglich ist und sich in Verhältnisse und Anschauungen zu versetzen weiss, die von den unsrigen so grundverschieden sind, wie die alten indischen, und in Folge davon sich auch dem unbewussten Einfluss, den die in Europa gemachten Erfahrungen auf uns üben, zu entziehen vermag, wird anerkennen, dass seit der Diaskeuase Umstände eintraten, welche wohl im Stande sind, die treue Bewahrung derselben bis auf unsre Zeit auch begreiflich zu machen.

Daraus, dass die Diaskeuase mit — im indischen Sinn — so grosser Sorgfalt vollzogen ward, dürfen wir unbedenklich den Schluss ziehen, dass die Geisteserzeugnisse, deren damalige Gestalt man sich bemühte mit so grosser Genauigkeit für alle Geschlechter treu zu bewahren, in religiöser Beziehung in dieser Zeit das allergrösste Ansehen, die höchste Heiligkeit, sich erworben hatten und vielleicht bei allen, auf jeden Fall, dem grössten Theil der indischen Arier, unangefochten besassen.

Daraus dürfen wir dann weiter entnehmen, dass diejenigen Männer, welchen die Diaskeuase verdankt ward, unzweifelhaft solche waren, die durch religiöses Wissen und religiösen Wandel zu den angesehensten unter den priesterlichen Geschlechtern gehörten und demgemäss eine Autorität genossen, welche ihrem Werke einerseits die höchste Weihe gab, andrerseits durch dieses selbst noch gesteigert ward. Was aber

Autorität — zumal die des Guru, des Lehrers, und noch mehr eines Guru in so eminentem Sinn, wie er sich mit dem eines Lehrers der vedischen Schriften verbinden musste — in dem geistigen Leben der Inder bedeutet, davon geben uns die indischen Schriften aller Zeiten, und selbst die bis auf den heutigen Tag in Indien herrschenden Anschauungen Kunde. Authority 'heisst es bei Burnell[15]) 'is paramount in India; not necessarily the authority of predecessors, but that of the Guru who is regarded as infallible.

Solch eine infallible Autorität umkleidete fortan die Diaskeuase; nur die Form, welche die heiligen Schriften in ihr hatten, war befähigt das zu erzielen, was man durch den Gebrauch derselben erzielen zu können überzeugt war. So musste fortan jeder Priester, welcher zum Absingen oder Recitiren derselben bei Opfern und sonstigen religiösen Feierlichkeiten berufen zu werden wünschte, sie in derjenigen Gestalt im Gedächtniss haben und vortragen, welche sie in der Diaskeuase erhalten hatten. Die geringste Abweichung davon würde — nach indischer Auffassung — den gewünschten Erfolg der Opfer und sonstigen religiösen Verrichtungen vernichtet haben, so dass Niemand einen Priester zu diesen zugezogen haben würde, der sich solch eine Abweichung hätte zu Schulden kommen lassen. Die, welche zu der Recitation benutzt werden wollten, waren also schon ihres eigenen Interesses wegen — denn diese Thätigkeit war fast ihr einziges Mittel der Subsistenz — genöthigt, die Diaskeuase mit derselben Sorgfalt und Genauigkeit, mit welcher sie abgefasst war, ihrem Gedächtniss einzuprägen.

Die Macht eines menschlichen Gedächtnisses ist eine sehr grosse; sie würde, wenn es darauf ankäme, ganz gut im Stande sein, alle fünf vedischen Sammlungen zu bewältigen. Allein darauf kam es bei den Brâhmana's, welche die vedischen Lieder oder Verse, Sprüche, bei religiösen Gelegenheiten abzusingen oder herzusagen hatten, gar nicht an; diese hatten nur nöthig eine der fünf Sammlungen — diese jedoch freilich mit der allerminutiösesten Genauigkeit — im Gedächtniss zu hegen; ja es würde für sie sogar ein Nachtheil gewesen sein, mehrere

---

15) Vamçabrâhmana p. XXII—XXIII.

dieser Sammlungen auswendig zu wissen; denn die Gesetze des Vortrages sind nicht für alle identisch und es kommen in ihnen nicht selten dieselben Verse, aber in von einander abweichenden Fassungen vor; diese hätten sich leicht mit einander vermengen können. Allein dem war auch durch hergebrachten Gebrauch vorgebeugt: zu dem Hersagen und Absingen des Inhalts der einen oder der andern Sammlung wurden nur solche Brâhmana's berufen, von denen es bekannt war, dass es ihre erbliche Obliegenheit war diese oder jene derselben auf das genaueste im Gedächtniss zu haben, und ganz der Diaskeuase und den sich daran knüpfenden Regeln gemäss vortragen zu können. Sich mit mehreren der Sammlungen zu beschäftigen, war nur Sache der Gelehrten, welche sich dem Studium derselben aus theologischen oder wissenschaftlichen Gründen widmeten und, beiläufig bemerkt, viel zu hoch standen, als dass sie denen, die aus dem Vortrag des von ihnen erlernten Veda gewissermassen ein Gewerbe machten, hätten Concurrenz machen wollen. Unter den fünf Sammlungen haben aber nur drei einen grösseren Umfang, der Rigveda, die Taittirîya-Samhitâ und der Atharvaveda; die beiden andern der Sâmaveda und die Vâjasaneyi-Samhitâ dagegen nur einen sehr geringen; alle aber sind in ihrer Besonderheit nicht so umfangreich, dass sie einer, dessen erbliche Obliegenheit es war, sie ganz genau vortragen zu können, nicht schon an und für sich mit Leichtigkeit dem Gedächtniss hätte einprägen können. Das Bestreben sie mit der grössten Treue dem Gedächtniss einzuprägen, wurde aber durch das schon angedeutete religiöse und auch materielle Interesse gesteigert, welches die treueste Wiedergabe derselben zu einer unumgänglichen Nothwendigkeit machte. Die Leichtigkeit der Erlernung wurde zugleich nicht wenig dadurch erhöht, dass die Lehrweise der Inder ganz und gar auf das Gedächtniss gegründet war, dieses daher durch die unausgesetzte Uebung desselben in den Brâhmana-Schulen — wo es wohl in den älteren Zeiten eben so streng herging, wie in den späteren[16] — nicht

---

16) vgl. Weber in Ind. St. XIII, 403, wonach schon die falsche Betonung eines Wortes dem Schüler eine Ohrfeige einbrachte.

Freilich war aber auch die richtige Betonung der Wörter von grösster Wichtigkeit,

wenig gestärkt ward. Giebt es doch noch heutigen Tages, trotzdem, dass das Studium der heimischen Wissenschaft schon seit einem Jahrhundert und länger immermehr in Abnahme gekommen ist, indische Gelehrte, welche eine ganze Disciplin — deren Grundwerke sammt allen dazu gehörigen Erläuterungsschriften — im Gedächtniss tragen; um wie viel leichter musste es anderen sein, eine verhältnissmässig so kleine Sammlung, welche sie, kraft der erblichen Ueberlieferung, schon in frühester Jugend anfingen kennen zu lernen und deren genaueste und treueste Vortragsweise ihre einzige Obliegenheit war, in unfehlbarer Sicherheit im Gedächtniss zu tragen. Schon durch diese Erwägungen wird es einigermassen begreiflich, dass sich die Diaskeuase durch eine so lange Zeit unverändert erhalten konnte.

Allein es wurden zu diesem Zwecke auch noch besondre Mittel angewendet, welche geeignet sind, das auf den ersten Anblick so Auffallende fast Unglaubliche dieser Erscheinung vollständig weg zu räumen.

Zunächst zeigen uns die schon erwähnten grammatischen Tractate — die Pràtiçâkhya's — mit welcher minutiösen Genauigkeit in den Brahmanischen Schulen beim Unterricht in der Vortragsweise der Veden verfahren wurde[17]. Ferner gab es noch besondre Mittel, um Fehler, welche sich trotz alle dem eingeschlichen haben mochten, wieder zu beseitigen und so die treue Bewahrung des Textes der Diaskeuase für alle zukünftige Zeiten festzuhalten. Diese musste der Vortragende, um im Stande zu sein, seine Obliegenheit treu zu erfüllen, höchst wahrscheinlich ebenfalls, soweit sie die von ihm erlernte Sammlung betrafen, im Gedächtniss haben und anzuwenden wissen. Sie bestanden zunächst in den eben erwähnten Pràtiçâkhya's, welche die Regeln der Vortragsweise enthalten und in unzähligen Fällen über die richtige Form des Textes Aus-

---

da eine falsche die verderblichsten Missverständnisse bei den Göttern hätte herbeiführen können; so würde das Wort *I'ndraçatru* welches, s o accentuirt, bedeutet 'dessen Ueberwinder Indra ist', wenn *Indraçatrú* gesprochen 'Ueberwinder des Indra' bedeuten und eine Gotteslästerung sein, s. Petersb. Wtbch. u. d. W. *indraçatru.*

17) vgl. z. B. Rigv.-Pràtiç. in der Ausgabe von M. Müller Regel 760—846.

35 (167)

kunft geben; ferner in den ebenfalls schon erwähnten verschiedenen
Vortragsweisen, später Schreibweisen, welche den Text und dessen Vortrag durch ihre gegenseitige Controlle auf das allerfesteste bestimmen.

Neben dem Vortrage nach den Regeln, wie sich die Wörter eines
Hemistichs, oder Satzes, zu einer Einheit verschlingen, dem Samhitâ-
Text, gab es auch eine für alle fünf Sammlungen — mit Ausnahme
der zwei letzten Bücher des Atharvaveda — glücklicherweise bis zu
uns herabgelangte Vortrags- jetzt Schreibweise, den Pada-Text, in welcher
die Verschlingungen allsammt aufgehoben sind und die Wörter in d e r
Gestalt erscheinen, welche sie ausser der satzlichen Verbindung d. h.
in ihrer unbedingten Form haben; zugleich ist auch manches andre darin
aufgenommen, was für den Vortrag oder sonst von Bedeutung ist.

So z. B. lautet Rv. V. 58, 7 in dem Samhitâ-Text:

प्रथिष्ट यामन्पृथिवी चिदेषां भर्तेव गर्भ स्वमिच्छवो धुः।

वातान्स्यश्वान्धुर्यायुयुज्रे u. s. w.

im Pada-Text dagegen:

práthishta | yâ'man | prithivî' | cit | eshâm | bhártâ-iva |

gárbham | svám | ít | çávah | dhuh |

vâ'tân | hí | áçvân | dhurí | â-yuyujré u. s. w.

Man ersieht daraus, dass *cid* in der unbedingten Form *cit* lautet,
bhárteva eine Zusammenziehung von *bhártâ-iva* ist, für *íc* und *chávo* die
unbedingten Formen *ít* und *çávah* sind, *hyáçván* eine Contraction von *hí áçván*
ist und *dhuryâ*° eine gleiche von *dhurí â*°; indem der Vortragende auch
diess im Gedächtniss hat, erhält er, zumal, da er aus den Prâtiçâkhya's
auch die Regeln weiss, kraft deren diese Veränderungen in der Satz-
verschlingung eingetreten sind, eine Kenntniss der Theile dieses Satzes,
welche ihn in den Stand setzt, ihn auch in seiner Totalität treu zu
bewahren. Eine dritte Vortrags- und Schreibweise, Krama genannt,
von welcher uns jedoch nur die Regeln und Proben, aber keine vollständige Texte bewahrt zu sein scheinen, verbindet die beiden ersten zu

einer einzigen, lehrt also zugleich, wie die Wörter in ihrer satzlichen Verschlingung und in ihrer Unbedingtheit lauten.

So z. B. bietet Rv. VII. 102, 1 der Saṃhitâ-Text:

parjányâya prá gâyata divás putrá'ya miḷhúshe;

im Pada-Text dagegen lautet diess:

parjányâya | prá | gâyata | diváḥ | putrá'ya | mîḷhúshe |

ausser der Worttrennung nur darin vom ersteren abweichend, dass *diváḥ* die unbedingte Form giebt statt *divás*, in welchem das auslautende *s* durch die Folge von *putra* herbeigeführt (oder vielmehr, da es der ursprüngliche Auslaut, bewahrt) ist.

Im Krama-Text dagegen lautet es:

parjányâya prá | prá gâyata | gâyata diváḥ | divás putrá'ya | putrá'ya mîlhúshe | mîḷhúsha íti mîlhúshe |

Es erscheint hier jedes Wort zweimal, und, wenn die Aussprache oder Schreibweise in den beiden ersten Texten verschieden ist, einmal in der der Saṃhitâ ein andresmal in der des Pada; das letzte Wort des Hemistich sogar dreimal.

Ein noch künstlicheres mnemonisches Mittel bildet der Jaṭâ-Text eine Vortragsweise, in welcher sich jedes Wort dreimal wiederholt, z. B. Rv. X. 9, 1 = Sv. II. 9. 2. 10. 1 = VS. 11, 50 = TS. I. 4. 1. 5. 1 (und sonst) = Ath. I. 5. 1 lautet der Anfang im Saṃhitâ-Text:

á'po hí shṭhâ' mayobhúvas

dieser lautet im Jaṭâ-Text:

á'po hí hy á'pa á'po hí | hí shṭhâ sthá hí hí shṭhá | sthâ' mayobhúvo mayobhúva sthá sthâ' mayobhúvaḥ | mayobhúva íti mayaḥ-bhúvaḥ ||

Eine noch complicirtere ist die Ghana genannte Vortragsart von welcher Professor Ramkrishna Gopal Bhandarkar eine Probe und Beschreibung in der Bombayer Zeitschrift 'The Indian Antiquarian, 1874 S. 133 und 134' mittheilt. Es giebt auch noch andere bis jetzt nur dem Namen nach bekannte[18]).

Unter diesen Verhältnissen kann die treue mündliche Ueberlieferung

---

18) s. Sanskrit-Handschriften der Berliner Bibliothek, nr. 368.

der Diaskeuase schwerlich für unbegreiflich gelten; ja! ich kann nicht umhin als meine Ueberzeugung auszusprechen, dass sie mir bedeutend sicherer gewesen zu sein scheint, als eine schriftliche gewesen sein würde.

Auf diese Ueberzeugung gestützt, möchte ich sogar den Rath und Wunsch ausdrücken, dass, wenn irgend möglich, man in Bezug auf die glücklicherweise sehr wenigen Stellen, wo die Handschriften der Veden Varianten darbieten, bei deren Beurtheilung die uns für die Constitution des Textes der Diaskeuase überlieferten Hülfsmittel nicht ausreichen, die in Indien existirenden Bráhmana's befragen lassen möge, welche nach alter Weise die eine oder die andre der Sammlungen in ihr Gedächtniss aufgenommen haben. Freilich müsste man dabei sehr vorsichtig sein, wie es denn überhaupt — bei der immer mehr gesunkenen Zahl von indischen Priestern, die sich mit den Veden in alter Weise beschäftigen — sehr zweifelhaft sein möchte, ob es noch Bráhmana's giebt, die eine zuverlässige Antwort auf solche Erkundigungen zu ertheilen im Stande sind.

§. 5.

In dem Augenblicke fast, in welchem die vor etwa einem Jahre niedergeschriebenen letzten Sätze gedruckt werden sollen, kommt mir ein Aufsatz zur Hand, dessen Inhalt hohe Wahrscheinlichkeit gewährt, dass der in ihnen ausgesprochene Wunsch, wenn bald und in den aus diesem Aufsatz sich als passend ergebenden Lokalitäten danach gehandelt werden wird, keinesweges erfolglos sein, vielmehr in Bezug auf manche zweifelhafte Punkte entscheidende Auskunft gewähren wird.

Dieser höchst interessante und wegen der Probe des Ghana-Textes schon so eben erwähnte Aufsatz ist in dem vor wenigen Tagen hierher gelangten diessjährigen Mayhefte des in Bombay erscheinenden lehrreichen Indian Antiquary S. 133—135 veröffentlicht, rührt von dem gelehrten Kenner des indischen Alterthums, dem Professor Ramkrishna Gopal Bhandarkar her und bespricht unter der Ueberschrift: '*The Veda in India*' den heutigen Zustand der Vedenkenntniss in Indien. Da er für die Beurtheilung der Berechtigung unsres Wunsches von wesentlichem Einfluss ist erlauben wir uns einige Mittheilungen desselben hier hervorzuheben.

Jede Brahmanische Familie ist zum Studium eines besonderen Veda verpflichtet; diess Studium · besteht darin, dass dieser Veda auswendig gelernt wird. In Nordindien ist est jedoch — ausser in Banâras — fast ganz ausgestorben; dagegen herrscht es noch in einiger Ausdehnung in Gujarât, in viel grösserem Umfang im Marâṭhâ-Gebiet, und in Tailangana giebt es noch eine grosse Anzahl von Brahmanen, welche ihm ihr ganzes Leben widmen. Zahlreich wandern sie nach allen Theilen Indiens und alle wohlhabenden Inder lassen sie Theile ihrer Veden hersagen und beschenken sie nach ihren Mitteln. Der Hr. Verfasser bemerkt, dass selten eine Woche vergehe, ohne dass Tailanga Brahmanen sich bei ihm einstellen; er lasse sie dann aufsagen, was sie gelernt und vergleiche es mit den gedruckten Texten. Er bemerkt zwar nicht ausdrücklich, dass ihr Vortrag mit diesen übereinstimme, allein der ganze Tenor des Aufsatzes und eine weiterhin hervorzuhebende Bemerkung in Bezug auf den Atharvaveda macht höchst wahrscheinlich, dass der Hr. Vf. es schwerlich unbemerkt gelassen haben würde, wenn Differenzen vorgekommen wären.

Die, welche sich in dieser Weise die Veden ins Gedächtniss geprägt haben, zerfallen in mehrere Classen; in Bezug auf unseren Wunsch ist die wichtigste die der Vaidika's; deren Lebensberuf besteht darin die Veden in einer Weise auswendig zu lernen, dass sie sich auch nicht einen Fehler, selbst nicht in Bezug auf die Accentuirung, zu Schulden kommen lassen. Ein ganz guter Rigvedi Vaidika weiss auswendig: den Samhitâ-, Pada-, Krama-, Jaṭa- und Ghana-Text der Hymnen, das Aitareya Brâhmana, das Âranyaka, die Kalpa- und Grihya-sûtra von Âçvalâyana, den Nighantu, das Nirukta, Chandas, Jyotis, die Çikshâ und den Pânini, so dass er eine lebendige Bibliothek bildet. Doch sind, wie S. 134, b bemerkt wird, solche Rigvedi's, welche so viel in ihrem Gedächtniss tragen, sehr selten; gewöhnlich haben sie nur die drei ersten Vortragsweisen der Hymnen — Samhitâ, Pada und Krama — und das erwähnte Brâhmana sammt den folgenden Schriften im Gedächtniss. Was dagegen die Taittirîya-Saṃhitâ betrifft, so lernen viele von denen, welche sich damit beschäftigen, auch den Ghana-Vortrag und einige auch das Prâtiçâkhya dieser Sammlung auswendig.

Atharvavedi's giebt es nur in sehr geringer Anzahl in der Präsidentschaft in Bombay, wie sie denn auch sonst nicht zahlreich sind [19]. Der Hr. Vf. bemerkt, dass im vorigen Jahr zwei derselben zu ihm kamen; er prüfte sie nach Roth und Whitney's Ausgabe, aber sie schienen ihren Veda nicht gut zu kennen.

Der Stolz eines Vedenkenners dieser Art besteht darin, dass er seinen Veda fliessend in allen erwähnten Vortragsweisen ohne einen einzigen Fehler in Bezug auf Artikulation und Accent vorzutragen vermag.

Oft werden von reichen Indern in ihren Häusern Vaidika's versammelt, um in einer gewissen Reihenfolge Theile ihrer Veden herzusagen; dabei werden ihnen Erfrischungen und am Schlusse Geldgeschenke gegeben. Zuerst kömmt der Rigveda, dann die beiden Yajurvedas und schliesslich der Sâmaveda. Auch die eingebornen Fürsten beschützen die Vaidika's und der Gaikavâd hat eine eigne Prüfungscommission, welche sie prüft und je nach ihren Verdiensten zur Unterstützung empfiehlt.

Doch genägen diese Unterstützungen nicht ihnen eine erträgliche Existenz zu verschaffen; sie sind demnach im Aussterben begriffen und wenn man aus dieser lebendigen Ueberlieferung noch Nutzen zu ziehen hofft und wünscht, möchte für dahin zielende Anfragen jetzt die höchste Zeit gekommen sein.

Schliesslich kann ich nicht umhin, noch einen Satz dieses werthvollen Aufsatzes besonders hervorzuheben, da er meine Ansicht über den hohen Werth dieser mündlichen Ueberlieferung der Veden bekräftigt und somit zugleich der Berechtigung des ausgesprochenen Wunsches noch eine Stütze gewährt. Er lautet (S. 135, b): 'J think the purity of our Vedic texts is to be wholly attributed to this system of getting

---

19) Vgl. oben S. 7.

them up by heart and to the great importance attached by the reciters to perfect accuracy, even to a syllable or an accent.

§ 6.

Die Hauptaufgabe dieser Abhandlung bildet der Versuch nachzuweisen, oder wenigstens sehr wahrscheinlich zu machen:

1) dass die Diaskeuasten der Veden, speciell der Hymnen des Rigveda, für deren Diaskeuase der Beurtheilung bis jetzt die meisten Hülfsmittel zu Gebote stehen, sich einzig bestrebten, den Vedentext so festzustellen, wie sie ihn aus dem Munde derjenigen hörten, welche sie als die treuesten Ueberlieferer desselben betrachteten.

2) dass die von ihnen festgestellte Form von der Zeit dieser Feststellung an bis auf die unsrige unverändert bewahrt ist und mit hoher Wahrscheinlichkeit angenommen werden darf, dass, wenn alle noch vorhandenen Hülfsmittel zu Rathe gezogen und sorgfältig benutzt werden, man im Stande sein wird, sie ohne irgend eine Abweichung wiederzugeben.

Göttingen,
Druck der Dieterichschen Univ.-Buchdruckerei.
W. Fr. Kästner.